I0546716

NVNQVAM

AMICORVM

B.

SUR LA TERRASSE

DE

MONTE - CARLO

SYMPHONIE FANTAISISTE EN BLEU MAJEUR

ET EN VERS MINEURS

PAR

L. LEMERCIER DE NEUVILLE

Jouée pour la première fois sur le Théâtre des PUPAZZI au Casino de Monaco
le 8 février 1869.

BIBLIOTHEQUE DE L'ARSENAL

BORDEAUX

OFFICE CENTRAL DE PUBLICITÉ ET IMPRIMERIE AUGUSTE BORD

94, RUE PORTE-DIJEAUX, 94

1869

Ro 13.481

PERSONNAGES

AMOROSA.
UN POÈTE IMPASSIBLE.
LE PREMIER VENU.
ÉMILE OLLIVIER.
ÉMILE DE GIRARDIN.

———

La Terrasse du Casino de Monaco

———

SUR LA TERRASSE DE MONTE-CARLO

A M. BLANC

Fondateur de Monte-Carlo.

SCÈNE PREMIÈRE.

LE POÈTE.

Le ciel est plein de chansons;
On entend dans les buissons,
Battus par les polissons,
De divines harmonies!
La mer a des reflets bleus,
Comme les plus jolis yeux
A qui désormais je veux
Dédier mes symphonies!

O Monaco! paradis
Où sommeillent les houris
A l'entour de ton tapis
Aussi vert qu'une émeraude!...
O refuge des pêcheurs,
Des amours et des.... primeurs,
Des sages et des.... noceurs,
Roc où la fortune rode!...

Aloès, palmiers, roseaux
Qui vous mirez dans les eaux,
Et dans lesquels les oiseaux
Font des fugues et des trilles...
Je vous vois, je suis content!...

— Mais, pardon! car l'on m'attend,
Et je vais, dans un instant,
M'égarer dans les charmilles.

(Il va pour sortir).

SCÈNE II.

LE POËTE, AMOROSA.

AMOROSA.

Où courez-vous ainsi?...

LE POËTE.

Qui? moi, je vais rêver!...

AMOROSA.

Rêver!... Je n'en crois rien.

LE POËTE.

Si, je suis un poète!...

AMOROSA.

Un poète!... Pardon, si je suis indiscrète;
Il est une question que je veux soulever :
Qu'est-ce donc qu'un poète?... On en dit des merveilles,
De ces bardes fameux qui charment nos oreilles.
Je n'en ai jamais vu.

LE POËTE.

J'en suis un, cependant.

AMOROSA.

Vous avez du cheveu, de l'œil et de la dent,
Et vous n'avez pas l'air fatigué par les veilles!...
Vous mangez bien?...

LE POÈTE.

Sans doute.

AMOROSA.

Et vous dormez?...

LE POÈTE.

Très-bien!...

AMOROSA.

Et vous faites des vers?... je n'y comprends plus rien!

LE POÈTE.

Pourquoi vous étonner, Madame? Ma pensée
De mon cerveau s'envole en strophe cadencée,
Au lieu de cheminer tout prosaïquement.
Quand je vois le soleil dans le ciel bleu reluire,
Au lieu d'un parasol, je saisis une lyre
Et chante le soleil très-poétiquement;
Je mets les fleurs en vers et les palmiers en strophes!

AMOROSA.

Et vous n'avez jamais subi de catastrophes
Qui vous ait fait sortir de cet enivrement?...

LE POÈTE.

Si, parfois : quand la rime, implacable et rebelle,
Errait dans mon cerveau comme un vol d'hirondelle.

AMOROSA.

Alors?...

LE POÈTE.

Alors, lassé souvent de la chercher,
J'avais mal à la tête, et j'allais me coucher.

AMOROSA.

Catastrophe, en effet!... Dites-moi, cher poëte,
En rimant, vous avez parfois mal à la tête,
Dites-vous?... Vous est-il arrivé, par malheur —
En rimant — d'attraper le même mal au cœur?...

LE POËTE.

Au cœur!... Expliquez-vous...

AMOROSA.

Eh bien! quand votre Muse,
En place de soleil et de palmier, s'amuse
A prendre pour sujet une femme, avez-vous
En chantant ses beautés, ses vertus, ou.... ses vices,
Eprouvé ces tourments,—tourments qui sont délices!—
Et ressenti ce mal si terrible... et si doux !
Avez-vous, en un mot, quand vous chantiez la femme
Senti votre cœur battre et tressaillir votre âme ?

LE POËTE.

Vous me demandez là si j'ai jamais aimé.
Eh bien, jamais en vers!

AMOROSA.

C'est vraiment regrettable
Que pour vous seul, en vers, l'amour soit supprimé !

LE POËTE.

Voulez-vous m'écouter ? La chose est concevable !
La muse est une femme aussi, qui ne veut pas
De rivale, il lui faut la place tout entière
Ses amours sont de ceux qui veulent la lumière !
Elle ne souffre point qu'on lui parle tout bas !

Ses appas ont pour nous mille grâces nouvelles.
Quoi de plus beau de voir ses deux rimes jumelles
Aux sons harmonieux, aux atours élégants,
Volant au bout des vers comme les demoiselles,
Par un beau soir d'été, sur le bord des étangs.
Comme des diamants, ses vers ont des facettes;
Ce sont là les bijoux de la Muse; on la voit
S'en parer constamment, s'en faire des aigrettes
Ou les monter en bague et les mettre à son doigt !

AMOROSA.

Ses yeux, comment sont-ils ?

LE POÈTE.

Suivant notre caprice :
Noirs ou bleus, ou châtains!

AMOROSA.

Et ses cheveux ?

LE POÈTE.

Dorés !

AMOROSA.

Son col ?

LE POÈTE.

A la blancheur de la voile qui glisse
Le matin sur les flots par le soleil nacrés !

AMOROSA.

Quant à son cœur, est-il beau comme son visage ?

LE POÈTE.

Il eut pu déranger les plis de son corsage,
Ternir ses yeux, brouiller ses cheveux parfumés ; —

La passion parfois sottement se comporte —
Pour garder à jamais ses charmes renommés,
Un beau jour, elle l'a, gaiement, mis à la porte !

AMOROSA.

Elle n'a pas de cœur et vous l'aimez ?

LE POÈTE.

Parbleu !

Elle est belle, il suffit !

AMOROSA.

Vous est-elle fidèle ?

LE POÈTE.

Que sais-je ? il me suffit à moi qu'elle soit belle !

(Il s'éloigne.)

AMOROSA.

Vous n'êtes pas mon homme, ô cher poète ! adieu !

SCÈNE III.

AMOROSA.

Quoi ! ce ciel enchanteur, ces brises embaumées,
Ces arbres toujours verts, ces bois pleins de fruits d'or,
Cette mer, ces oiseaux qui prennent leur essor,
N'inspirent que des mots et des phrases rimées !
Quelqu'un ? Que cherchez-vous ici, Monsieur ?

SCÈNE IV.

LE PREMIER VENU, AMOROSA,

LF PREMIER VENU.

De l'or !

AMOROSA.

De l'or et pourquoi faire ?

LE PREMIER VENU.

O demande naïve !
L'or est fait pour rouler parbleu ! puisqu'il est rond !

AMOROSA.

Ce que vous dites là me semble très-profond !
Pourtant cette réponse est bien peu positive.

LE PREMIER VENU.

L'or, Madame, est la clé de tout.

AMOROSA.

Hormis du cœur !

LE PREMIER VENU.

Vous croyez ?

AMOROSA.

Oui ! Pourquoi ce sourire moqueur ?

LE PREMIER VENU.

Je pourrais vous prouver, Madame, le contraire.

AMOROSA.

Essayez.

LE PREMIER YENU.

Je voudrais arriver à vous plaire...

AMOROSA (*fièrement*).

Monsieur !...

LE PREMIER VENU.

Nous supposons... Que ferais-je aussitôt ?
J'irais chez un tailleur choisir un paletot !...

AMOROSA (*riant*).

Ah! ah! ah! c'est charmant!... J'aime assez la méthode
Qui consiste d'abord à se vêtir le cœur.
A votre sens, l'amour suit l'album de la mode,
Et ne peut être aimé qui n'a pas de tailleur!...

LE PREMIER VERU.

A moins d'être Adonis, l'habit est nécessaire!...
Passons! Si je voulais arriver à vous plaire...

AMOROSA (*avec effroi*).
Monsieur!...

LE PREMIER VENU.

Nous supposons toujours... J'achèterais
Des gants, des gants saumon ou des gants beurre frais;
Je me ferais raser et coiffer, car la tête
Est ce qu'il faut soigner le plus dans la toilette;
Et quand je serai beau, bien mis, évidemment
Vous ferez cas de moi, Madame, assurément;
Et faisant cas de moi... le reste me regarde.

AMOROSA (*riant*).
Arrêtez! car mon cœur va crier : A la garde!...

LE PREMIER VENU.

Et la garde qui veille au seuil de nos palais
N'en défend pas nos rois... encor moins leurs sujets!
Or, pour plaire, il faut être bien mis, c'est notoire;
Et pour être bien mis, Madame, veuillez croire
Que cela coûte cher...

AMOROSA.
          Oh! je le sais bien.

LE PREMIER VENU.

Or,

Pour captiver un cœur, Madame, il faut de l'or!
Comme je n'en ai pas ; que la belle nature
Et le soleil brillant ne sont pas des banquiers;
Que les tailleurs ne sont que d'affreux boutiquiers
Qui jamais ne vous font crédit sur la figure,
Je vais chercher de l'or, et, parole d'honneur!
Si j'en ai, je reviens pour chercher votre cœur!...

(Il sort).

SCÈNE IV.

AMOROSA, puis ÉMILE OLLIVIER.

AMOROSA.

Bon voyage!... A-t-on vu ce Magot!...Mais qui passe?..·
Tiens! Emile Ollivier!... Comment vous portez-vous?

ÉMILE OLLIVIER.

Fort bien!...

AMOROSA.

Que cherchez-vous?

ÉMILE OLLIVIER.

Moi? je cherche une place

AMOROSA.

Oh! ce n'est pas cela qui tant vous embarrasse.

ÉMILE OLLIVIER.

La meilleure serait, Madame, à vos genoux!...
Mais quand l'ambition prend l'homme et le tracasse,
L'amour a tous les torts... Ce que c'est que de nous!..

AMOROSA.

Que voulez-vous enfin, Monsieur?

ÉMILE OLLIVIER.

Un ministère!...
J'ai d'importants projets qu'on ne soupçonne guère,
Pour les faire valoir, j'ai quitté mes amis,
Et, dans tous les partis, je me suis compromis...
Qu'importe! je poursuis mon but avec courage,
Et je viens réfléchir, le long de cette plage,
Sur l'instabilité des promesses des Grands.
Aujourd'hui, je suis seul, seul je fais mon voyage,
Et soldat réformé, je combats hors les rangs!
Adieu! si vous voyez un ministre qui passe
Dites lui...

AMOROSA.

Je dirai que vous voulez sa place!

(Emile Ollivier sort.)

SCÈNE V.

AMOROSA puis E. DE GIRARDIN.

AMOROSA.

Les drôles de mortels que le bon Dieu créa!
L'un qui cherche une rime et l'autre un ministère;
Un troisième, de l'or! Que cherche celui-là?
Il porte obstinément son regard vers la terre!
Qu'avez-vous donc perdu?

E. DE GIRARDIN.

Mais... un alinéa!

AMOROSA.

Monsieur de Girardin ?

E. DE GIRARDIN.

Lui-même ! O mes idées !
Bobines de fil blanc si souvent dévidées,
Pourquoi mettre aujourd'hui votre père aux abois ?
De mon cerveau fécond vous être évadées
Pour aller habiter celui de Duvernois !

AMOROSA.

Quoi, vous êtes à court ? c'est bien invraisemblable.

E. DE GIRARDIN.

Mais non ! je me répète !... et l'on s'en aperçoit ;
Mon répertoire enfin n'est pas inépuisable
Et l'on n'explique bien que ce que l'on conçoit
Or ce que je conçois...

AMOROSA.

C'est...?

E. DE GIRARDIN.

Eh bien c'est le Diable !
Je n'en sais rien ! J'avais des phrases pour cela
Qui disaient blanc et noir sans trop me compromettre !
Je vais, dans mon journal, faute de mieux, remettre
Mon premier, mon dernier, mon seul alinéa !

AMOROSA.

Quel est-il ?

E. DE GIRARDIN.

Il est très-connu — mais le voilà !
La guerre c'est la paix, et la paix c'est la guerre !

Sans paix, la guerre est nulle; et, de même, la paix
Sans guerre, disparaît aussitôt de la terre !
L'une est l'esprit subtil; l'autre l'esprit épais !
Guerre, paix ! paix et guerre ! Et le progrès s'avance !
La paix c'est le progrès, la guerre la puissance !
Mais la guerre est aussi la fille du progrès,
Comme la puissance est la fille de la paix.
Or la guerre sans paix ou la paix sans la guerre
Ne peuvent exister ; c'est éclair sans tonnerre !
Or donc, faisons la guerre afin d'avoir la paix !
Et puis faisons la paix afin d'avoir la guerre ! !
Guerre et paix, paix et guerre, hélas oui ! tout est là ! ! !
... Et voici mon premier, mon seul alinéa !

(Il salue et sort.)

SCÈNE VI.

AMOROSA.

Tous rêveurs ! Tous cherchant dans leur tête vidée
A courtiser la rime en délaissant l'idée !
Je ne veux plus en voir de ces penseurs fameux,
Au front qui semble pur mais dont l'âme est ridée.
Je veux tâcher d'aimer et de vivre sans eux.

Je suis Amorosa la Belle
Au front pur comme le cristal.
Comme une déesse immortelle
Je me nourris de l'idéal.
A Monaco je suis venue
Bien maquillée et bien vêtue
Avec le cœur, sans cadenas.

Pour chercher, comme Diogène,
— Le cynique est mort à la peine ! —
Un homme ! Et ne le trouve pas !

Adieu l'amour ! Adieu le rire !
Adieu le murmure enchanteur
Du flot qui sur la rive expire
Comme un sanglot sorti du cœur !
Laissons de côté Diogène
Cherchant l'homme ! Et cherchons la veine !
A chaque coup faisons banquo !
Qui le sait ? Peut-être le rêve
Autre part commencé, s'achève
Sur le Roc de Monte-Carlo !

www.ingramcontent.com/pod-product-compliance
Lightning Source LLC
Chambersburg PA
CBHW061621180626
46818CB00005B/2175